水平線はここにある

松川 穂波

思潮社

目次

i

水平線はここにある

松川穂波

思潮社

装幀　倉本修

水平線はここにある

i

岩場で

海

潮だまりは置き去りにされた小さな海だ
底にはささやかな海藻を育て
風が吹くと律儀にさざ波をたてる
海のまぎわに暮らしながら
海の帰る日を待つ
海へ帰る日を拒む

母

ここからは危ないから一人で行くと　唐突にあの子は言った　眼じりの強さになすすべがない　岩に岩が割り込み　崩れんばかりの岩の橋　岩の道　あの子はあやうく渡っていく　渡っていくのだ　あの子は　足を濡らし　ときに腹ばい　ひょんひょんと海のほうへ　背中を若い帆のように光らせて　わたしは大空に思い出す　〈放てば手にみてり〉という誰かの言葉を　放てば欠けていくだけの真昼の月でいい　わたしは　淋しさは別のところから吹く　一羽の鳥が肌寒い春の風に乗り　彼方へ渡っていく

青年

水平線はあそこに見えて
どこにもなくて
船は幾たびも送り返されてくる
どんな強固な手漕ぎボートでも
あの目的もなく必死で奔る青い淵に
手をかけることはできない
波は常に新しく海は太古より古い
明日の呼び出し音が波間から響いて
ワルツのように
浅い春
永遠は時間から締め出されて
あの雲のあたりで
ぼんやり立ち尽くしている

きのうの空は雲が多すぎた
鳥は空を脱ぎながら飛ぶんだ
飛べない鳥はどうするの
それは鳥に聞いてくれ
なんでテニスのラケットなんか持ってるんだ
これで鳥をつかまえる
バカ　おまえがつかまるぞ
羽毛一枚残して　突然消える
はは　魔術だな
なけなしの主題です
おまえが見たのは鳥ではないな
鳥さ　あれが鳥なんだ　何もかも鳥さ　鳥なんてどこにもいないのさ

こうして僕たち落下していく
鳥の仕掛けた軽やかな罠に

不埒な散歩

一打ちの梵字から
静けさが放たれている
ここにわたしが知る名前はないし
わたしを知る名前もない
水汲み場の葉桜の下から
歩きだす

枯れ具合のいい石
伸び盛りの艶々しい石

折鶴のとまる石
路地のようにたてこむ古い石
釋　十字　行書　楷書　文久元年
平成二十五年　家紋　勲八等功七級

斜に歩けば
ほどよく滲みあう
わたしと石の体温だ
やがて
ひときわ
つややかな一行で
〈南無阿弥陀仏〉
誰も見ていない
刻まれた文字に指をいれてみる
なぞっていく

指先に鎮まる息がある
過ぎる思いがある
この指の先ほどの浅さで犯す罪を重ねてきたのか
知らぬうちに深く赦されてきたのか

それはいかにもわたくしの言いそうなことであって
水汲み場はバケツである
わたしはアルミのひしゃくである
ひしゃくは歌うよ
へのへのへ　へのへのへ
と　しゃがれた声が唱和する
へのへのへ
振り向くと
故陸軍伍長　行年三十五歳
調子に乗って

まひまひま　まひまひま
右隣の石の下から
あどけない声が返ってきて
まひまひま

どなたの墓であれ
水をそそいでは
唱えていく
生きてることは
きのきのき　たりぱらさ　くねらりぱ
死んでることは
てへちたた　るきゆもに　ふらこなそ

あちらこちら声が湧き上がる
おかしさをこらえて石が揺れる

骨も灰も愉快にやっておくれ
葉桜はそよぐ梵字だ
闌けてゆく春

それでも
船は幾たびも出ていくし
それはあなたの道理とはかかわりのない話だ
水平線はここにある
僕の胸にすーっと
一本の傷を引き
目的もなく必死で奔るのだ

禁猟区

きのう鳥を見たか
見たよ
君の空ではないな
僕の枝ではなかったよ
翼の音を聞いたか
関節がキュキュと鳴ってたよ
鳥の視力は凄いらしい
ああ　ガラスの目玉がぴかぴかしてた
それって剝製の鳥だろ
ゆるぎなき生涯さ

ii

五月の方角

さあ　みんな
いよいよフライトです
予報ではまとまった風が吹くとのことです
友だちの一本杉とは
念入りにお別れしてください
あ　そうだ
小川をはさんで
里の名が変わるあたり
気流もびみょうに変わるそうですから

なるべく団を離れないように
それから
あのとんがった雲の下
峠の平たいベンチあたりで
僕たちも青いラムネを飲むことにしましょう
あとは自由解散です

綿毛たちは
ほよほよした声をあげ
そのたびに
野末は
ひらいたり
むすんだり
まんまと佳い風が吹きだすと
ふるさとをひと蹴りして

出立していく

そのころ
峠の平たいベンチで
わたしは冷たいむぎちゃを飲んでいる
植物性の雪がひとひら
まなじりをかすめ過ぎるとき
磁石の針は
ひたり
五月の方角にふれる

大航海時代へ

くりん　と乾いた秋の日　断崖に来て両腕をひろげる
東　バルパライソ港！西　ロカ岬！まだ見ぬ地の名を
風に叫ぶ　港の夢と岬の希望をあわせ　海の波の泡で
割ったら　きっと永遠が生まれるだろう　そんな晴朗
な朝　わたしの海賊船は白い帆をあげて出航するのだ

くりん　と乾いた秋の日　丘の上のその老人ホームの
食堂は　塩をふる音さえ聞こえる静けさ　銀ラメ色に
爪を染めた車いすの老女が両腕をひろげたまま　ふく

ふくと眠る　東の眉　西の眉に不敵の白い帆をかかげ
いま　かがやく海賊船は永遠までのどのあたりだろう

出航

両手を水平に拡げる　振り回す　それが圏内だ　アルバム　古靴　倦怠　ゴミの日など　べっとりと皮膚にまつわるもの　どうせ雑駁なものたち　この際わたしは　すべてを捨てたい　くつがえしてみたところで　けろりと復元する軽々しい暮らし　うまく分別できない襤褸たちが　渾然一体　わいわい乗り込んで　鼻歌まじりの宝の舟だ　ぎしぎし揺れている陸の上の舟だ　さては狙っているな　このわたしを捨ててしまおうと　いつのまに心を得たのだ　よろしい　望むところだ　ついでに　未来なんぞも乗せてやれ　さよなら　帰ってくるな　餞別をやろう　海　それは　まだ海になる前の　あの自在な青い水のことだ　圏内圏外　どこにでも散在する　蛇口に阻まれて　かわいい声で哭く

東方海上からやってきて雲の形で悶えている　「断水」されて途方にくれてい
る　水　みず　待機する痛覚たち　数え上げては海を揃える　ラヴェンダーの
香りのする心づくしの海　出航の機会は慎重に選びたいが　それは翼をもつ自
由な生物に任せる　いつもベランダに糞を垂れ流し　わたしの顔を見ては　へ
っと笑って逃げていくあのドバトのことだ　あの灰色の鳥の精密な時刻だ　い
つ来るか　わからないものを恋焦がれ　五月の風にきらめく　アルバムで　古
靴で　倦怠で　ゴミの日のわたしだ　出航以前に難破している夢の帆の残骸だ

ステンドグラス異文

手に肩の力を添えて
重い扉をあける
祭壇を取り囲んで
固い木椅子の闇が並ぶ
窓にはナザレの人と使徒たちが
ほのかに浮かんでいる
目鼻おぼろに頬をよせあい
手足軽やかにねじり
踊っているよう

罪人さえ紛れこんで
見分けのつかない深い青である
息をゆるくしていると
淡い魚のようなものが
背骨をのぼってくる

いつかの日
わたしは幾ばくかの銀で
誰かを売り渡したかもしれず
また売り渡されていたかもしれず
〈隠れているもので　知られていないものはない〉
赤いカンナが咲く丘の上の礼拝堂
ナザレの人は十字架の上で
遠い砂漠をなつかしむ
意味を求めず

祈りを知らず
心さまよう者だけが行ける砂漠だ
いつかの日
わたしはそこから来たかもしれず
そこへ訪ねていくかもしれず
〈すると光があった〉

光は固い木椅子の闇に身を起こし
わたしの肩にかすかに触れ
励ますように触れ
音もなく窓を抜け
たぎる空へ戻っていくだろう
頬をよせあうナザレの人と使徒たちである
暮れ残るだけの青である

*

あの日の震災のせいで　地方にあるその礼拝堂のガラスに大きな罅が入ったという　でもお金がありませんから自分たちでテープを貼りました　牧師の妻は慎ましやかに微笑んで　緑茶を大事そうに飲み干す　まだそのままです　大きな声では言えませんが　今にも砕けそうな空を見ていると　ほんとうに怖くって　青の色がますます綺麗にみえます　今日いちにちの平安を感謝せずにはおれません　いよいよ礼拝堂らしくなりました　神様が恵んでくださったステンドグラスです

寄り道

日曜日
礼拝堂には
人びとがメザシのように並んでいる
わたしは神様に用事はないが
すこし座っていたかった
空手のまま
眼をとじている
古びて固い木椅子
所在なく座っていると

はじかれているようで
この世の端っこに腰かけているようで
神様もわたしに用事がない
そのことがよくわかる
もろもろのアーメンが
荒寥たる叫びに聞こえる
指先で釘のあたまをさぐっていると
冷え冷えと思い出す
大工ヨセフと呼ばれた男
どことなく影の薄いその男
夜明けの斧の刃をつたう一滴の露のように
いつかしら消えた影のこと
そんなヨセフならたくさん見た気がするが
窓には燃える
アマリリス　アマリリス　アフリカ原産

無邪気なまでの青空を
手負いの小鳥が
よぎって消える
所在なく座っているだけで
見えるものがある
押し返すものもある
　とどまれ
　このわたしの傷のうえに
古びて固い木椅子のささやきだろうか
神様が混ざったような木質の声で

広場の市

手

手放す手
手に入れる手
手ぐすねひく手
手口を隠して
手が広場を歩きまわる

これはなんだろう

へしゃげた鍋敷きかな
いやペガサスの蹄鉄かもしれない
あの埃まみれの勲章は
さしずめペガサスの手綱だね
この傷だらけの銀の皿で
天の水を飲んだんだ

素性をひょろりと脱いで
間が抜けている
忘却から愛されて
思い通りというふうでもある

蓋の壊れた木箱には
老いたパンドラが隠れているかもしれない

手に届きそうで
手もなく騙されそうで
手を出さない誰かの
手　わかりやすい
手　わたしの
手　わたしは
手

いまだ愛にも死にも触れようがない

人形

焼成をくぐってきた
肌の透明は名門の証しである

古びた帽子にはバラ
手にはゴブラン織りのバッグ
色あせたビロードのロングドレス
瞳からは青空が孵って
くりかえし飛び立っていく
思わず抱き上げた時
スカートは弔旗になって垂れ
内部にあるはずの
足がない
ひどい間違いとは
この軽さのことだろうか
ないものが露わになって
わたしの頬に血がのぼる

パーティを流し歩いた

ピクニックは森へ行った
今　広場に現れた盛装のこの子は
あどけないアンナ・カレーニナだ
わたしは　とつぜん
贋のトルストイだ
大事な花束みたいに
抱かれておくれ
胸の一番深いところ
人ならだれもが隠し持つ轢断の場所
冷たいレールの型が残っている心臓のあたり
鼓動は近づいてくる列車の音に似てはいないか
広場には降らせてみよう
恍惚と　五月の吹雪を
そのとき
わたしのアンナは誇らし気に囁くだろう

——足があると　とても苦しいだけよ

五月

足のない人形が
首をかしげて見あげる
足のない飛行機が
腹をさらしたまま
五月の空を飛ぶのを
聖母教会のミサのオルガンから
荘重な旋律が流れ
殉教の悦びを伝える
よく脂ののった低音に触れると
ぱちん　ぱちん

生まれたばかりのシャボン玉が
輝きながら壊れていく
広場の空ごと壊れる
傾いたアールデコのテーブル
小山のように積まれた鉱石ラジオ
こわれた手風琴
表紙のとれたラテン語の聖書
かつての前衛たちは
埃をかぶって
なお泰然
人間の目など信じていないのかもしれない
わたしの人生も
ぱちん
いつか壊れて
霧消する

なんの恵みだろうか
あの軽やかな韻は
足のない人形と飛行機とわたしと
詐術のように交差して
五月は一通の青い消息である
読むのは鳩たちだけだ
餌のかわりについばんで
いっせいに首をかしげる

日向灘

金色の目をしたひと
いっぽん足のひと
ツノのあるひともいた
おのおの濡れた髪を光らせて
松林の彼方に消えた
記紀のなかに迷い込んで
神になったひともいただろう
誰も振り向きはしなかった
乗り捨てられた流木に

今日も火が放たれる
三本指　怒髪　曲がった脊椎　ちぎれた胴
生き物めいたくさぐさの記憶を
涼やかに焚いてしまう
もののあはれなど
もろともに
浜で拾った小さな木片は
てのひらほどのひとを
運んだものである
火にくべるまでもない
からり
骨の明るみに届いている

時計の時

（まがい物のようで恐縮ですが……旅の記念に）
初めに言葉があった
つづけて笑いがあった
（では　さっそく）

ロゴブランドの綴りの間違いは
わたしの旗印だ
メッキの金は
吐息の色だ

こちこちとまわる
地球の回転から
かすかにはぐれ
それでも懸命にまわり
夏の破片をはねあげる

「永遠に」という名のオードコロン　片隅ですすったかき氷
市況のよくない動き　腹立たしいメール　痙攣する金魚の尾ひれ

じりじりと最高気温があがり
皿はたてつづけに割れ
ホオジロが死に
遠くの橋が落ちた
わたしが滲みこませていく
海賊版の夏

人はこちこちと
その周りをまわるだけ
汗とともに
はねあげられるだけ
深緑のめまいのように
楕円の夏

(もう狂ってるよ)
(ほおっておくしかないわね)

地球はわたしをはぐれてますます回転を急ぐ

崩れやすいものの形で
時は現れる
ときとして消える

時の速さを測るのは
火の重さを量るにひとしい
かげろうのようにダリアが揺れて
わたしが打ち刻む
一にぎりの夏

今日
はげしい落雷の音
世界中の果実がいっせいにはじけたような

秋立つ
水澄む
風は記憶を消し
正円の秋を
人は夜空に愛でるだろう

ガラスをへだてて
「伝道の書」を読む声が聞こえる
（石を投げるに時があり、石を集めるに時があり、
抱くに時があり、抱くことをやめるに時があり………）

わたしにある
まがうことなき時がある
薄くほほえむ時
挨拶の時
動きを止めたまま
去る
戻らない夏
永遠のダリアのほうへ

挽歌

奇数は生者のための数で
偶数は死者のための数だと
あなたは語った

雲が美しい謎のように
白くからまって
秋の空を流れていた

あれから

数は集合し
離散し

銭金と家族
奇と偶のあわいで
きしんだり傾いたりした

割り切るときこころは消え
割り切れぬときこころが現る
たしかにあなたは正しかったけど

今日の秋も雲は流れる
この世にあらざる方位を探して
音もなく

生者のための数に一を加え
死者のための数に一を捧げ
わたしの天秤は静かに狂う

思い出は数えられないから
十本の指のまま
生きていく

陸橋悲歌

藤安和子さんの思い出

また逢ってください
もちろんよ
それがあなたとの最後の言葉になったが

夕陽が薄刃のように沈むころ
ごんごんと響く階段をのぼり
ささやかな高みに立つ
まもなく空がほころんで
草の芽ほどの星がにじみでるだろう

北口をひっそり発った循環バスは
住宅街を包帯のようにめぐり
遠い車庫へ帰っていく
南口にびわ色の燈が灯り
人びとの声は静かに濡れはじめる
切断をつなぐものは
いつもかすかに
揺れ
足音　落書き　夕餐のメニュー　遠い叫喚
ここに町中の傷みやすい風物は
ひそかに寄り集まり
一瞬の消息を告げあい
ふたたび気圏に飛散していく
むしろ
その痕跡としての

わたし
わたしたち
の生は

階段をのぼっておりて
ただちに忘れ去るのが
陸橋の作法というもの
それはどこか日々の言葉に似ているが
時としてわたしは振り返る
あのささやかな高み
あなたとお別れした陸橋を
あれがわたしの天文台だ
望遠鏡はいらない
ちぢかんだ両腕を
精いっぱいに伸ばし

いつの日かあそこで
雲の羽ばたきをつかまえたら

また逢ってください
もちろんよ

初冬

傷口を囃す人らがいて
裂けるたびにわたしは澄みゆく
山も里もざりざりと痩せるころ
丸い小さな秘密を揃えて
陽にさしだす
人らは
　柘榴
と
囁き交すが

すでに
わたしは
果実を抜け出し
名のない寓話である
けざむい万象のなかで
わたしの罪だけが赤く灯る

足りない夢

わたしは賢いと言われているが　ほんとうは　いっぽん足りない鳥なのだ　進化の途中で　あわて者の祖先が　ふと紛失してしまったと聞く　だが　わたしの目は黒水晶のかがやき　唄は漆黒のビブラートだ　高みを飛べ　深い淵を渡れ　父はそう教えた　六月の早い朝　空は古沼のように濁り　町は沼底にたまる汚泥のように眠る　黒い血がざわめく　囀りは他の鳥たちにまかせよう　わたしは喉にじつぞんの力をこめ　嘴を震わせ　わたしの静かな暮らしを宣言するだけだ　空に鋲を打つように　かあ！かあ！かあ！かあ！すると　とりわけ下町一帯に広がるくすんだ家々の貧しげな二階の窓あたりから　応答する声が零れる　ああ！ああ！ああ！ああ！そういう窓には　たいてい汚れたカーテンがぼんやり揺れ

て　彼らの寝汗　彼女たちの寝言　かび臭い瘴気が　たよりなくたな引いて
かあ！わたしは誰かの夢を破ったのだろうか　とすれば　どこかいっぽん足り
ない夢にちがいない　ああ！ゴルフボールのかわりに　その夢のかけらをひょ
いと咥えたら　もう鳴くこともできず　わたしはどの枝にも帰りかねている

隠沼

バスを待っていた　あの森へゆく最終バスだった

「この先キケン」と書かれた立札が猛々しい落暉に染まっている　バスも落暉も　そこから引き返すが　ひとり密かな森へ歩みいる　足にまとわる羊歯の葉をかきわけ　小暗い径をさぐり進む　木の根につまずき　蜘蛛の巣で頬を汚し垂れ込める暗緑の蔓をはらいのけ　いよいよ重くなる静けさに震えながら　ようやくとらえることになる　耳底にしがみつくかぼそい声　幼げな泣き声が森の最も深い底から確かに聞こえてくるのだ　寒い　とても寒い　だが　行かねば　青臭いむっとした匂いが鼻をつく　沼だ　ぬらり　濁っている　暗がりと

見分けがつきにくい　草と藻でおおわれた水面は　永劫　空を映すこともなく倒木は突き刺さったまま　逆さに朽ち果てるだろう　苔に濡れた岩が立ちはだかる　忠告か　脅しか　なんども手を滑らせ　しゃにむに挑む　這い上れば蹴られたように背中ごと崩れ落ち……一瞬気を失ったあげく　ついに目にするのだ　ひとりの幼い罪人が　つる草で後ろ手を縛られ　ブナの葉で目隠しをされ　泥土に転がされている姿を　あのかぼそい声は　見知らぬこの子の細っこい喉から振り絞られたものだ　掠れきって　鳴らない笛のような喉だ　泥にまみれた小さな足裏がわたしの心臓を踏みつぶす　刑が執行されようとしている溺死の罰がくだされようとしている　黒装束の男たちが無言で腕を組んでいるあの腕が凍りつく刑具になるのだ　立会人の白い手袋が薄ら闇に光る　今　その右手があげられた　瞬間　烈しく叫んだ　この子を殺すな　さびしくて無力な子だ　わたしの子だ　身代わりになる　ほんとうは　こんな時が来ることをはるか昔から願っていたのだ　近寄るな　この子に触るな　遠い雷鳴を合図に濁った水面に飛び込んだ

バスを待っていた　あの森へゆく最終バスは子守唄をくちずさむ母親たちで満員だった　今宵も　わたしは置き去りにされたようだった

雨の川

行きずりのこどもと　川を見ていました　雨は繭糸のように静かに降っていました　大きな傘で小さな傘をかばいながら　黙って行きずりの川を見ているとわたしたちは　まるで寄り添うふたつの木偶でした　刻が揉まれながら流れていきました　ふと小さな傘が振り向いて　わたしを見上げながら「ママ」と言ったのです　わたしは誰のママにもなったことがない　岸辺の花が　驚いて名前をとり落とすのを確かに見ました　わたしの耳に絹の雨が降りました　昨日の明日　明日の昨日　その隙間から　行きずりという今日がこぼれ　胸の水位はかちりと鳴る　濡れた名前を拾いあげ　しずくを振るうと　梔子の花が咲きこどものまぶたに蜜の雨が降るでしょう　川は胸をくぐり　海を迎えにいくで

しょう　わたしは今こそ授からなかったものを真に悲しむことができる　雨の
匂うこどもと別れると　古い約束のように橋があらわれ　対岸の火という火を
起こしに雨の秘密が走っていくのを　暖かい事故のようにみつめていたのです

ii

崖下の家

古い家に住んでいた　湿った畳の部屋が二つ　狭い板敷の部屋が一つ　おまけのようにくっついている小さな庭　崖の上に広がるお屋敷町をうらやむことも知らず　洗濯ものの乾きの悪さを　とりたてて苦にすることもなく　父と母幼いわたしの暮らし　夕暮れと夜しかないような日当たりの悪い家　それはそれで　まずは幸福と呼べる日々である　オルゴールのように可憐な音色をたてて回るささやかな四季　庭に一本だけ生い茂るイチジクの木は　秋になると青い実をつけた　その実は熟れていく

崖の上には塀が続き　柳の枝々が暮らしを覗き込むように垂れ下がる　おびただしい葉が零れ落ちては　傾いたままの家に降り積もり　わたしたち家族の日付をこまやかに埋めていく　ダイア・ガラス（と　呼んでいた）の窓に　母の作った赤いギンガム・チェックのカーテンは　いつも微かな隙間風に揺れ　窓の外の景色といえば　鼻先に灰色の湿った石積みが詰まっているだけ　窓から

精一杯に身をのりだして　ようやく青いリボンのような空と目があう　それが
わたしの部屋だ

たがいに手のひらを見せ　人差し指でなにごとかを測りあい　美しい喉を振り
あげて笑いあう崖の上のお屋敷町の少女たち　夏休みにはホテルのプールで泳
ぐという少女たち　クラスメートたち　あの子たちが振りあおげば校庭の上の
雲が微笑みかける　校庭に響く笑い声はプールまで走っていってさざ波をたて
る　でも　あこがれや妬みに　崖の下のわたしたちの小さな手は届かない　そ
のかわり　わたしたちは知らず何かを心得ている　崖の下に帰るやいなや　ラ
ンドセルを道端に積み　ただちにたがいの手のひらを見せあう　これが生命線
ね　あ　違う　それは感情線よ　人差し指でたどる渓谷があり　かぼそい川は
交差しあってはかなく別れていく　路地の午後　どこかで死んでうずもれてい
る小さな獣の匂い　どくだみの花の白い匂い　蛇の抜け殻が枝からぶらさがっ
ている

母が病んだ　湖底に沈んだように家中がくぐもる静けさであふれる　新しい音が聞こえてくる　かさかさと粉薬の袋を振る音　コップの水で薬を喉に送り込む音　濡れた唇を手ぬぐいでふくかすかな音　ざっく　しばらくして　ざっく　父がまな板の上で野菜を切っている　不器用な間合いの包丁は　また　ざっく　しばらくしてまな板に湯をかける音　父は毎日の勤めのうえに家事の一切をひきうけて崖のように表情を変えない　父の沈黙が静けさにさらに水圧をかけていた　敷かれたままの布団の部屋はじっとり湿り気をおび　せまい家はさらに縮んでいく　日当たりの悪い幸福の血を吸い上げて　石積みの崖はますます堅牢さをましていく

「この家の犬は　よく噛む」　そんなプレートを掲げた門扉をこわごわ覗き込むと　植え込みのなかには犬ではなく薪を背負いながら本を読む古ぼけた二宮金次郎が歩いている　坂　そして坂　のぼって　くだって　高い塀と緑あふれる生垣　三角屋根のピアノ教室に　黒い巨大な外車が停まっているバレエ学校　坂はわたしの新しい友だちだ　わたしは坂に名前をつけていく　すずめ坂　ハ

ンカチ坂　消しゴム坂　ペンギン坂　その日の気持ちによって名前が変わる坂
一番きらいな通学路になっているのっぺりした宿題坂　敷石に苔が滲んでいる
金持ち坂は最初からパス　行き止まりにF元男爵の別邸があると聞いたけど
棒を持った怖い門番のひとが立っていそうで　追い払われそうで　つかまりそうで　まわれ右　しゃぼん玉坂の途中に白いフェンスをはりめぐらした家がある　白いカーテンと白いテラス　白い椅子に白いテーブル　飼ってる白猫の首輪まで白いんだ

わたしの帰宅時間はしだいに遅くなる　ふすまの向こうから　ふとんをかぶったままの母が力ない声をかけてくる　お帰り　どうしてこんなに遅くなったの
わたしはきのう急に気分が悪くなって保健室で熱をはかってもらったのだし
おとといはクラス一番の健康優良児の家にお見舞いに行ったのだったし　今日は苦手な担任に勉強の相談をもちかけたりしてたのです　えーっと　それからね　石鹸の泡にも似た薄い嘘がわたしの喉の奥から次々に出発していく

日曜日　陽がまっすぐに降りてきて珍しく庭が明るい　父が洗濯物を干してい
る　ロープに吊るしたシーツの端をこまやかな手さばきで　きっちりのばして
いく　小さなしわも逃さない　左右を揃える　両手をのばした後姿がくっきり
十の字になっている　わたしはみつめる　あれがわたしのお父さん　父が振り
向く　うん？どうしたの？わたしはあわてて首を振る　ううん　なんでもない
の

突然　母の心がおかしくなってしまった　同じ時刻に同じ場所にすわると同じ
話を繰り返すようになった　夕食がはじまろうとする三人の時刻と場所だ　も
し　おじいちゃんが急にここに帰ってきたら……パジャマの襟元を両手で握り
しめながら眉をよせる　目は食卓のむこうのふすまの鱗模様に据えられたまま
だ　もし　おじいちゃんが……この家に……そんな場所もお金ないわ……どう
しよう　うんと遠い昔　妻子と仕事を捨て　出奔したままの祖父がいることを
わたしははじめて知る　そうか　わたしにはおじいちゃんがいるのか　でも
それは物語のなかのおばけのように　ふわふわして天井のあたりをただようだ

け　押さえても抑えても　また湧き上がってくる泡のような母の怯えは　父の
冷静より強い　細菌よりたやすく感染しやすい　わたしはそれにうってつけの
年齢だ　おじいちゃんが　おじいちゃんが　もし……ついに　わたしは食卓を
こぶしで叩く　もうやめて　小皿が驚いて飛び上がる　醤油がこぼれる　父は
腰に巻いた白いエプロンの裾で醤油をぬぐい　わたしの涙をごしごしとさする
エプロンにしみこんだ魚の匂いと糊のかすかな甘い匂いの下で　わたしの目鼻
口は福笑いのようにバラバラだ

ある日やってくる　崖の下の露ばんだ路地を幾たびも曲がり　住所を記した紙
切れを握りしめ　黒いマント姿でやってくる　壊れたベルをいつまでも押し続
け　鍵のかかった引き戸を音もなくあけ　いつのまにか板の間にあがりこみ
眠るわたしをのぞきこんでにっと笑う　逆立った白髪と　欠けた歯の奥の喉の
暗黒　それは当時わたしが夢中で読んでいた「探偵小説」にでてくる怪人の姿
をしているけど

思いがけないところからいきなり姿をあらわす　怪人だ　蝙蝠が好みそうな深い闇を伝いおりてくる　窓際に腰かけ　やさしく黒いマントをひろげ　さあここにおいで　と手招きする　黒いマントの裾から樟脳の匂いが立つ　怖くない　少しも　だって　わたしのおじいちゃんだもの　わたしは息せききってしゃべっている　たくさんの宿題や　思い出したようにみなの前でわたしを苛める担任や　今日の忘れ物のこと　とりわけお屋敷町に住む少女たちが見せてくれる外国製の珍しいノートのこと　ハンカチのレースのこと　いえ　ほんとうはそんなことどうでもいいの　ねえ聞いて　わたしの将来の夢はね……最後に念を押す　でも　お願いだから学校には来ないでね　絶対にだめよ　そこは父も母も知らない秘密の部屋である

医師が来て　保健所のひとが来て　看護師さんが来て　隣のおばさんが回覧板を持ってきて　担任が来てお茶を飲んだだけで帰り　怪人が闇にまぎれ来て崖下の家のささやかな四季を回していく

よほど深い夜だったと思う　遠いところで父が大きな声を出す　母が泣き声をあげる　ふたりの声が近づいてくる　わたしは目をさましてしまった　半分夢のなかに身を浸しながら　それでもどきどきしながら板の間の部屋で　ぼんやり聞き耳をたてている　「たちのき」と何回も父は言った　たちのき　たちのき　わたしも布団のなかで繰り返してみる　それはどんな木かしら　父を怒らせ　母を泣かせる木　真夜中の森で　一本のひょろひょろした木が風にはげしく身を揉む　わたしはたちの木をなだめるように　その幹を叩きながら何回もまわる　まわりながら　もう一度眠りに落ちる　怪人は森のなかの路地を走り抜ける　後ろ手を振る　黒いマントを翻し　ヘリコプターのタラップに飛び乗る　わたしは深い夢のなかに一人残される

これがシュート　これがカーブ　これはシンカー　お兄ちゃんはわたしの目の前で指を複雑に組み替えて　投球の種類を教えてくれる　わたしに野球のことはわからないけど　お兄ちゃんを独り占めできる時間はアイスクリームより甘い　お兄ちゃんはお母さんと二人暮らしで　男のくせにまつ毛が長くって　勉

強がよくでき　スポーツならなんでも得意　誰でも知ってる路地の星《スター》なの　お兄ちゃんの指のなかのボール　あれはわたしのまんまるな心臓　芯どころを幾たびも抑えられて　もう息がつまりそう　それから　お兄ちゃんはいとしそうに手のひらでポンポンとボールを弄び　少しうしろにさがって　できる限りのゆるいボールをわたしの胸元にほおり込んできた　路地の薄青い夕暮れを切ったさびしげな放物線　それが別れの挨拶であったことに気が付いたのは　少しあとのことだ　お兄ちゃんはお母さんと二人で崖の下の路地から遠い街に引っ越していった

ネズミを一匹つかまえてな　アブラの缶につけるんや　ほんでな　そいつのしっぽにライターで火をつけてな　中にほりこんでみぃ　ぜったいにバレへんでそないして家や工場を焼いた奴　おれ何人も知っとるがな　お地蔵さんの祠の前で　自転車をとめた見知らぬ男のひとが誰かと話をしている　喉に痰がつまったような甲高いかすれ声が　とてもいやなもの　臭くて黒ずんだアブラのようなものをわたしの耳になすりつけてくる　この男のひとはいったい何を自慢

しているのだろう　家や工場を焼いた奴のことかしら　それとも可哀想なネズミのことかしら

ワイヤーでつくられた簡単なしかけの檻に一匹のネズミが走り回っていた　これは大人になりかけてる子ネズミやな　隣のおばさんが回覧板を持ってきたついでに鑑定を下した　うまいことつかまえはったな　ネズミは怖いで　うちはサンダルまで齧られたわ　すぐ増えるで　情かけたらあかんで　三人のまなざしを一身に浴び　子ネズミはワイヤーでつくられた牢獄の壁に体当たりしては気が狂ったように走り回る　きゅうきゅう哭く　帰りがけに　おばさんは玄関の引き戸に手をかけながら　ごく当たり前のことのように言った　檻ごと川へ沈めたら一発や　子ネズミの黒いぽっちりした目に追い詰められているのは檻をしかけたわたしたちのほうだ　つかまえた後のことまで思いは及んでいなかった　せめてもっと凶悪な面構えのころころに太ったドブネズミだったら……川の水がすでに喉元まできている　息が苦しい　何かが試されようとしている病み上がりの母はわたしの肩に優しげに手を置いて言った　大丈夫よ　この子

は明日　お母さんが川原へ連れて行って放してやるからね　次の日　約束通り母は自転車の荷台に檻を括りつけ　朝早く家を出て行った　からっぽの檻をぶらさげて帰ってきた母と登校するわたしは玄関で鉢合わせする　朝の門燈のたよりない光の下で　母の頬はいつもより蒼ざめてしみが目立つ　ぎこちなく笑ったまま　わたしと目をあわそうとしない　いつものように　行ってらっしゃい　とも言わない　からっぽの檻の底辺から子ネズミの涙ほどのかぼそい水滴が垂れている

雨あがりの路地を足音がいくつも走っていく　カンカンカン　不吉な音が聞こえてくる　どこからか煙が家のなかに侵入している　あわただしく自転車が走る　わたしも走る　火事だ　角の空家が燃えている　人びとが野次馬たちがすでに集まっている　どいて！さがって！こら　さがれ！こら　そこの女の子！二階の屋根は真ん中から落ち込み　おびただしい煙が立ち昇る　ばりばり　何かが落下する音　木材の焦げる匂いに　どこかなつかしい赤土の匂いが混じる路地に消防車は入れない　長い長いホースをかかえて隊員が走ってくる

火の手　赤い手　伸び上がり　引き戻され　横に逃げ　いったんは退いたようにみせかけ　隙をついて盛り返し　凶暴に責めつける水と激しくせめぎあうわたしは汗ばみながら火だけを見つめている　世界がしんと音を消す　綺麗な火　純粋な火　火はあの古い家のどこか　塵と時間の底に幽閉されていたに違いない　解放の日がきたのだ　火は叫ぶ　たすけて　お願い　わたしを救ってここから出して　早く　はやく

いっぺん消えても青い煙がでているあいだはまだあかんのや　見ててみ　また燃えよるで　そやけど大家は今ごろ喜んどるがな　覚えのある甲高いかすれ声がする　あの自転車の男のひとだ　いつの間にかそばに立っている　眼を細め崩れ落ちていく家を愛でている　半開きの口元は夢見るひとのよう　火は青い煙のなかからふたたび甦り　ひときわ細く高く舞いあがった　葬送の笛の音が消えてゆくように静かに収まっていった　類焼といえば　わずかに隣家の壁を焦がした程度だ　人びとはどこか物足りなさと安堵のあいまった顔でぱらぱら

去っていく　もう誰も走らない　かすれ声の男のひともいつのまにか姿を消した　わたしは焼け跡の木片に最後まで残っていたあどけない火を瞳の奥深くかくまう

隣のおばさんが回覧板を持ってきた　この一帯で原因不明の失火やボヤがたびたび起きている　火の用心　火の一文字だけが禍々しい火の色をして目に飛び込んでくる　それはゆらめく　夜　わたしは高熱をだした

熱いよ　ああ　しっぽの先から燃えてきたよ　もう　ぼうぼうだ　金次郎の薪が燃えてる　黒いマントが真っ赤だ　崖も学校も燃えてるよ　ネズミがたくさん奔ってるよ　ネズミもお母さんも燃えてるよ　お屋敷町もだよ　なにもかもぼうぼうだよ　ああ熱い　熱いよ　なんにも見えないよ

幾つもの部屋　家屋　町や川が体のなかを木の葉のように吹き抜けていったたまに日当たりのいい家にいると　むしろ背中がすうすう冷えた　崖　薄れ

遠ざかり　はぐれ　さらに影を濃くしてもどってくる　崖　それはわたしの輪郭のない紋章である　わたしは崖をせおいながら転々と暮らし続ける　お屋敷町から高い塀と緑あふれる生垣が消え　どこにでもありそうなマンション街へと変わり　時とともにくすみ　今では外壁とおなじように剝がれかけた表情の人たちが住んでいる　F元男爵の別邸は料亭になり　どこかの企業の保養所となった　あの喉の美しい少女たちはどこに行ったのだろう　きっと日当たりのいい暮らしを続けていると思う　もし　陽光にあふれ　さわやかな風の通る宿命というものがあるとするなら　それは彼女たちの専有物だ　うらやむ必要はない　すでにわたしは知っている　日当たりのよさ　また悪さ　それに何の意味があるだろうか

わたしは祖父の生死はおろか名前さえ生涯知ることはないだろう　怪人のことはどうか　忘れてしまったのか　本当にそうか　死んだはずが生きている　思いがけないところからいきなり姿をあらわす　蝙蝠が好みそうな深い闇を伝いおりやってくる　ある日やってくる　どこに住もうが姿をくらまそうが　正確

にわたしを訪ねてくる　やってくるなり　挨拶がわりにあの黒いマントを大きく翻す　そのとたん視界は闇に沈み　一閃ののち　あかるく開かれる　わたしは今　口笛を吹きながら未知の坂をのぼりくだりしている小さな冒険家だ　路地にただようイチジクの香りにむせながら　キャッチボールをしている野球を知らない恋する少女だ（それが露のごとき幻想だと　いったい誰が証明できる？）いつ姿をあらわすか　選ぶのは怪人だ　定住の棲家を持たないかわりわたしはどこに誰と暮らそうと秘密の部屋をみつけることができる　その扉はいつもあけてある　いつかここに帰ってくるかもしれない祖父　いや　あの不気味にして心やさしい怪人のため　たまに間違えたように父と母がすわっている　父はまな板と包丁を持っている　母はネズミの檻をかかえている　二人とも上機嫌だ　なんだ　ここを知ってたのね　あんなに秘密にしていたのに　あたりまえじゃないかおまえ　だってここはわたしたちの家ですもの

おまえは歌うな

父曰く

おまえの欠点は諦めがよすぎることだ
諦めたように父は首を振った　私はうなだれたまま素直にうなずいた
早すぎるんだよ　諦めるのが
今度は　顔色を変えて父は怒った

発見の朝

髭を剃ろうと頬まで伸びた髪をはねあげた時だった　耳が消えていた
右そして左　色が消え　音が消え　鏡のなかに凍りつく私が立っていた

大丈夫

テレビをつければ　中年キャスターが芸能人の離婚について深刻な口調で語り
一転　明るい声で今日の高気圧について解説している　隣室の浪人生が　ちゃ
らちゃらとドアのキーをかけている　現場へかけつける救急車のはるかなサイ
レンが今朝は天国のメロディのように美しい　大丈夫　聞こえている

人体の可能性

朝　目がさめたら虫ケラになっていたという小説があったと聞くが　主人公に
モデルはいたのだろうか　そのなさけない奴はどんな生涯を送ったのだろうか
わが身にどんな悲劇が起ころうと　虫ケラになるよりはマシだ　衝撃を和らげ
るには　とにかく誰でもいいから　おのれより不幸な人間を思いだすこと　次
に冷静になること　それにしても鏡を見るのが恐ろしい　指で耳のあったはず
の箇所を　何度もこすってみる　つるんとした皮膚がある　穴の手触りを感じ
る　ふうん　これが耳の穴か　痛くもないし傷あともなさそう　耳って何かの

部品みたいに　ころんときれいに外れたりするんだろうか　人体の七割はまだ未知の謎につつまれているというから　その可能性は否定できない

日陰者

在って当たり前だが　なくなったところで別に大した不自由があるわけではない　母は耳のとれた鍋を平気で使っていた　眼の大きさや鼻の高さは人生の重要事項だが　耳なんて七人兄弟の六男坊程度の扱いでいい　そういえばそういう奴いたよな　という感じ　髪で隠せばなんとかごまかせるし　「一度　キミの耳をじっくり見せてはくれませんか」なんて聞く面接官はいない　もしそうなったらそうなったときのことだ　それにしても　指先が幾度もさぐりあててしまうこの耐えがたい虚ろは……

あらゆる可能性をさぐる

私は机の下にもぐりこみ　椅子の足をもちあげ　カーテンの裏をさぐった　狭いワンルームマンション中をくまなく検分した　懐中電灯でトイレの床を照らし　這いつくばってみた　キッチンの排水口をのぞきこんだ　紙屑を捨てた紙屑をほおり込んだばかりのゴミ箱を　なんども床にぶちまけてみた　自分の長い抜け毛にしばし見とれた　ない　みつからない　寝ているあいだに　誰かに切り落とされたか　さすがにそれはない　そもそも血の跡がどこにもないじゃないか　ゆうべ不覚にもどこかで財布みたいに落としてしまったか　うんそれなら考えうる　いやきっとそれだ　ならば急げ　急がなければ　私は　このマンションの回りをうろつく白と黒の小汚いブチ猫を思い出した　ああ　もしそいつにみつかって　オモチャにでもされてしまったら　耳は　私のかわいい耳は

よく考えよ

外出しようと机上に常備しているマスクをつまみあげた　私はひどいアレルギ

ー体質だ　くしゃみと咳と鼻汁と涙と　しかし　耳がなければマスクはできない　マスクがなければ外出できない　外出できないと耳を探しに行けない　あはは　最低だ　さあもっと落ち着け　むやみに動き回るより　頭を使え　まず思い出せ　昨日のことを　ゆうべは　たしかにマスクをしていた　窓ガラスがめくりあがりそうな春先の激しい風が吹いていた　風に飛ばされないよう手でマスクをおさえながら　区民会館へでかけたのだ　政局講演会場にもなれば税制度改正説明会　区民カラオケ大会にも使用されるホールには　パイプ椅子が寒々と並べられ　八割ほどの席が埋まっていた　舞台上では　地域のアマチュア合唱団によるコンサートが始まろうとしている

石が腐る

合唱団　この三文字のなまなました痛み　かなえられることのなかったあこがれの傷跡　私はあの日に戻っていく　クリスマスだった　教会だった　私は音楽といえばようやく「おうた」を卒業しかける年齢だ　聖歌隊を指揮するのは

黒づくめの服の美貌の少年だった　きゃしゃな腕を軽く一振りするだけで　澄み渡るハーモニーが魔法のように立ちあがった　清らかなボーイ・ソプラノと力強いバスが　とりどりの花のように　いっせいに開き　天空に舞い上がりゆっくり花びらとなって頭上に降りてくる　私は攫われる　ただよう　夢が夢を見ている世界へ　私は呼吸を忘れて口をぽかんとあけたままだったはずだ　快活なジングル・ベルでプログラムをしめくくると　少年は大人も交えたメンバーを背後に従えて深々と頭をさげた　額にかかる黒髪をさっと払いのけた　その日その瞬間　私は自分の運命を幼心に誓った　私が少年兵なら　彼はあこがれの年若き近衛師団長だった　帰宅後　私は夕食のグラタンをスプーンでいじくりながら　聖歌隊にはいりたいと告げてみた　父と兄は箸をほおり出して同時に笑った　母は痛ましそうに私をみつめた　父が言った　おまえは音痴なんだ　かわいそうだが　それは一生なおらない　早く諦めたほうがいい　兄が言った　おまえは歌うな　おまえの声は人体の許容範囲を絶対的に超えているおまえの声を聴くと石まで腐ってしまう

封印　解かれる

アンコールのピアノの序奏が始まったとたん　眠りこけていた私の聴覚は清冽な飛沫を浴びた　目覚めた　あの歌だ　「ぶなのもりのはがくれに　うたげほがいにぎわしや」　忘れもしないシューマン作曲「流浪の民」　区民会館ホールに不吉な葉のざわめきが立ち　記憶の封印を解く　私は放課後の高校生だ　今日も講堂のパイプ椅子に腰かけて合唱部の練習を聴いている　校内でいちばん美しい声を持つといわれるリコさんを　人目はばからず思う存分みつめることができるのは　このたそがれへ移りゆくうす青い時間　この安全にして翳りある場所をおいて他にない　「めぐしおとめ　まいいでつ」　ソプラノ・パートでリコさんがひとり歌う　夜空の星がはばたくような声だ　「めぐしおとめ」リコさん　「めぐし」の意味はよくわからなかったが　悪い意味であろうはずがない　おかっぱ頭にメガネをかけ　「きらら　きらら　かがやけり」リコさんのことだ　「まなこひかり　かみきよら」　ああリコさんだ　私が音痴でさえなければ　指揮者としてあそこに立ち　リコさんの恍惚とした眼差し

をこの一身に独り占めできていたかもしれない　すくなくとも　リコさんと肩が触れ合える距離に立ち　呼吸を合わせ　同じ旋律を響かせることができたかもしれない　それはわかちあう生命だ　二人だけの虹だ　私は指揮台の上でひょろひょろ手を振る上級生を憎んだ　リコさんに片手で指示を与える合唱部顧問の小太りの女性教諭を軽蔑した　リコさんがかわいい顎をゆすってリズムをあわせるピアノに嫉妬した　ロベルト・シューマンという名前にさえ　リコさんの心と視線を奪うものすべてが許せない　私は学校も親も勉強も捨てるリコさんの手を曳き　夜のブナの森に逃げよう　不吉な葉擦れに怯えながら松明を片手に二人して流浪の民の群れに加わり　南のくにをめざすのだ

発熱

三分の歌曲のうちに三年の青春が過ぎ　三年の哀しみは三分の歌曲のうちに煌めいた　私はパイプ椅子を蹴って立ちあがり熱烈な拍手を送った　舞台から合唱団のメンバーが去った後にも　ひとり残って手を叩き続けた　今は所在さえ

知らない「めぐしおとめ」リコさんが　きっとどこかで聞いていてくれる　区民会館ホールの天井に私の拍手の音がひびいた　体が熱い潮で充たされていた
耳のあたりがひくひく顫動していた　会館の職員に促されて外に出れば　春先の激しい風がブナの森の深奥から吹きつけてきた　コンビニの明かりは燃えさかる松明だった　街中に火がついた　揺れていた　そのときマスクをしていたかどうか　記憶にない

帰還

（ただいまー）
声が響いた　ドキっとして振り返ったところで誰がいようか
（驚きましたか　驚きますよね　当たり前ですよね）
誰だ　私は　思わず耳に手をやった　耳だ　耳が生えてきた　いや　帰ってきてくれた　柔らかい皮膚もこりっとした軟骨の感触もなじみのものだ　しかもしゃべっている

（ボクたち　ちょっと真夜中の散歩にでかけていただけですから）
驚愕と安堵と怒りが一度におおいかぶさると　人間の脳みそは直接汗を流し始める　それが額に滲む
な　な　なにが　ボ　ボクたちだ　さ　さんぽだ
（ボクたちにも　散歩する権利くらいは認められていると思いますが）
な　なにが　権利だ　たかが耳のくせして　いったい今までどこをふらついていたんだ
（いやあ　ボクたち　ブナの森を探しに行ったんです　っていうか　ブナの森に呼ばれているような気がしてね　いやあ素敵だったな　ボクたちの夜間飛行は　向かい風に追い風　風はボクたちの翼でした　離れ離れにならないよう心を結びあって　花びらより自在に飛び回りましたよ　火種をまいたようなこの街の中空をね　疲れたらビルの窓辺で休みました　鳩の糞がこびりついて　あれは汚かったなあ　ははは　ボクたちの軌跡をもし誰かが五線譜に落とし込んだら　二十一世紀の「流浪の民」が生まれたことでしょう　でも結局ブナの森はみつからなかった）

バカ　そんなものこの都会にあるはずないだろ
（ああ　だからあなたって人は　話にならないな　昨日いったい何にあんなに
感動してたのですか）
大仰なため息が聞こえた
「流浪の民」にきまってるじゃないか
（ですよね　あの歌はボクたちのたましいなんだ　本当にひさしぶりだった
合唱はへたくそだったけど　そんなのたいしたことじゃない　あのおぞまし
いほどロマンチックなメロディ　あの意味不明に近い古雅な歌詞に突き動か
されて　ボクたちもそぞろ流浪してみたくなったんだ　それだけですよ　で
も　それこそが芸術の持つ巨大な力というものなんだ）

会話か　独白か

耳がしゃべっている　私の声で　二つの耳が同時にしゃべっている　右そして
左　まったく同じ言葉とアクセント　かすかなエコーなんぞ引きやがって　聞

いたふうな芸術論までぶちやがって　これは何かのまちがいだ　錯覚だ　私の耳が私の耳でない　なぜなんだ　誰かこの不条理をといてくれ　こんな耳ならないほうがましだ　もう一度　散歩でも流浪でもしてこい　ええい　もう帰ってくるな　私は両手で力いっぱい耳をひっぱってみたが　鈍い痛みが走っただけだった

存在価値

しかし　しかし　だ　これでマスクをかけることができる

醫院

大きな枇杷の木が植えられた御影石の門をくぐる　敷地を右に行けば　若先生が担当する内科皮膚科の新しい診療所につながる　左へ曲がれば　古びた洋館が庭に面して建ち　めざす耳鼻咽喉科がある　待合室には　模様の擦り切れた

泥色のペルシャじゅうたんが敷かれ　タイルの飾り暖炉のなかに　博物館モノの電熱器が埃をかぶっている　ひびわれた黒いソファは　腰をおろすとキュッと哭いた　名前を呼ばれて診察室に入った　白衣の下にきちんとネクタイを結んだ大《おお》先生とは初対面だ　この洋館と先生と　どちらが古いのだろう　いい勝負だな　と私は踏んだ

診察

さて　どうされましたか
あのう　声が聞こえるんですが
えーっと　それはどんな声ですか
私の声なんですが
私の下まぶたをめくっていた大先生の枯れた指先が一瞬止まった
ほおお……それでどこか痛みやかゆみはありませんか　めまいはありますか
まったくありません

最近　なにか大きなストレスをかかえこんでいませんか
　あ　はい　あ　いいえ
朝から起きた不可解な出来事を　どう説明すればいいのか　説明するべきか
いや　だめだ　そんなことできない　カーテンを吊るした畳一畳ほどの防音室
で簡単な聴力検査をうけ　レシーバーを耳にあててスイッチをおしたり離した
りした　耳たちは沈黙を守っている　おい　おまえら　なんかしゃべれよ　大
先生にそのやくざな声を聴いてもらえよ　馬鹿野郎　こんな肝心な時に黙りや
がって　問診　検査共に　二十分ほどで終わってしまった　そのあっけなさが
私をさらに不安にした　この大先生でほんとうに大丈夫だろうか　もっと正直
にすべてを訴えるべきだったか

処方

とくに異常はみつかりませんでしたが　念のため薬をだしておきましょう
かえりに薬局へ寄って下さい

あのう　それはどんな薬でしょうか
いや　かるーい安定剤です　これで症状がおさまらなければ　またお越しください
あのう　私の病名はなんでしょうか
今の段階ではまだはっきりとしたことは言えませんが　なんでしたら紹介状を用意しておきます　まあ　あまり気にしないことですな

慰め

帰宅するなり　内服薬の小さな袋をゴミ箱に投げ捨てた　すかさず耳が言った
（あなたは断じて病人なんかではありません　それはボクたちが保証します）
ボクたち?保証?バカにするな　いい加減にしてくれ　いっそのこと包丁で切り落としてやろうか　あ　きっと痛いな　それ　血も出てくるだろうな　マスクをかけられないのはもっと困るし　逡巡する私に耳がせせら笑いながら言った

（まあ　あまり気にしないことですな）

第三の道

私はゴミ箱から捨てたばかりの薬袋を再び手にとった　白い錠剤を前に朝から
何も口にしていないことをようやく思い出した　頬をさわると　ぺちゃりと肉
が減っている　倒れるか　気が狂うか　どちらがマシだろう　ばかばかしい
どちらも嫌だ　私はなにひとつ悪くない　ここで諦めるな　第三の道を探せ
探れ　私は勝負に出た
　とにかく　黙ってくれ　でないとここから飛び降りて死んでやる　私が死ね
ばおまえたちも死ぬ
（脅しはよくありません　まっとうな人間のすることではありません）
　うるさい　おまえたちなどに言われたくない
耳は黙った　何か考えているようだった
（わかりました　共倒れだけはボクたちも避けたいところです　あなたとボク

たちは　何といっても運命共同体ですからね　おや　今　イヤな顔したんじ
ゃないですか　さて　ここはひとつ提案があるんですけど）
なんだよ
（ボクたちのあのたましいの歌を毎日一度でいいから聞かせて下さい）
わかった　ＣＤを買ってくる　で　どこの合唱団がいいんだ？でも　このマ
ンションは壁が薄いからイヤフォンで聞いてくれ
（あなたのそういう貧乏くさいところが嫌なんだなあ　ボクたち）
じゃ　死んでやる
（あなたの欠点は諦めがよすぎることです）
ＣＤでいいな
（あのねえ　鈍い人だなあ　ボクたちの美学は一瞬火花のように燃えあがり
たちまち永遠の闇に消えてしまう一回かぎりの栄光しか音楽とは認めません
ＣＤなんてよくあんないかがわしいもので我慢してられるなあ）

相手のほうが一枚いや二枚上手を行く　そう　たしかに　私は貧乏くさくて
諦めがよすぎて鈍い　おまけに音痴でアレルギー持ち　まだまだあるぞ　私は
小さな湖をてっぺんに抱く火山のように冷静になった　いきなり噴火した
よし　わかった　おまえたちの望みをこれからかなえてやる　よく聞け　こ
　れが正真正銘一回かぎりの栄光だ
肩をあげて息を思い切り吸い　私は大声で歌いだした
ぶっなあのもおりいのはがあくれにいうたあげほがあいにぎいわしやあたいま
あつあかありてらあしつつう
（ひどい！ひど過ぎる！やめてください）
このはあしきいてうつういするう
（冒瀆だ　これは）
これえぞるろおのひとのむれえ
（世界の終りだ）
まなあこひかありかみいきよらあ

（ボクたちのたましいが壊れていく）
にいるのみずうに
（ああ気が狂いそうだ　拷問だ　やめろ）
ひたあされてえ
（歌うな　おまえは歌うな）
作戦は成功したようだ　噴火はおさまり　溶岩は冷えていく
じゃあ　これから私が生きている限り黙ってくれ
（仕方ないですね　黙ります　ボクたち何よりもたましいを大切にしているから）
ちょっとでもしゃべると　また歌う
（やくざなこと　言わないで下さいよ）
約束したぞ
（いやあ　ボクたち　もともと以心伝心なんです　言葉なんて不便なもの　つかわなくったって　ちゃあんと通じあえますから　へっちゃらです）
それを最初に教えろよ

（面接がうまくいくことを祈ってます）
ありがとう
（あっ　それからね　あなたのこの髪の毛のことなんだけど　もっと短くした
ほうがいいですよ　だいいちボクたちがうっとおしくってたまらない）
そこまでだ
私は将校のように強く言った

＊「流浪の民」歌詞の引用は　すべて石倉小三郎訳による

並木　翠《みどり》のラビリンス

時間の不意をつき　人や自転車の姿が完全に消えることがある　並木はシンメトリーの原型をとりもどし　あらためてやわらかく開かれ　彼方へ収束する
みずみずしい沈黙の真ん中を歩くと　片側の木は記憶を　もう片側の木は忘却を　耳の薄膜にささやく　わたしの　誰かの　記憶　忘却　新しくて　古い風が笑いながらシャッフルして彼方へ消える

両側は大学の構内である　黒い鉄の柵　蔓草模様の正門　奥に位置する本部建物も　古びたゴシック風の夢に浸っている　前夜おそく降った雨のため　靄がたちこめている　滲みでた白いため息のような靄遠く　かすかな影が動きはじめる　こちらに向かっていることはたしかなのだが　なかなか大きくならない　全身の力を目に集中させる　視力検査でもあるまい　と　かすかに苛立つころ影は若い男に変わる

陽がさしこむ　靄が消えていく　枝枝はひとつひとつ　明るい翠の火をかかげる　並木は空に向けて朝の祈りをささげる燭台である　すらりとした骨格にほどよく肉がのった青年の肢体が　次第に輪郭をあらわす　遠目にも上質とわかる黒いジャケットのポケットに両手は隠されている　美しげな異性だと気づくなり　ふっと苛立ちが和らぐ　となると　あの度外れに緩慢な歩みが　さらにもどかしい　小犬を連れた老人が背後からゆっくり追い抜いていく

近づいてくる　自らが歩いていること　地上を踏んでいることさえ忘れているような足取り　夢見るような一足一足で　好奇のまなざしを優雅に振り払う前に進んでいるのか　深い物思いの彼方に退いているのか　近づいているのか逸れていくのか　木々のあいだにいきなり消えてしまうのか　翠の火を背後にしたがえて　青年はわたしの柔らかな領域にすでに片足をかけている

見知らぬ青年の姿を借りて謎が近づいてくる　迂回路はない

一足ごとに新しく生まれる　覚えのないわたし　覚えのない記憶　このときめきにも覚えはない　手におえないわたしが駆けだす　うろたえたわたしを置き去りにして　枝は葉は思いを寄せ合うように繁り　頭上におおいかぶさる　鳥たちが歌いこぼす　生まれたての朝の露のアリア

二十メートル　やめなさい　危ないから　とつぜん母の声がする　怖い　この年になっても　なお　母が間違ったことを言ったためしはない　うそ寒い正しさに守られ　押しつぶされて育ってきた　思わず立ちすくむ　小犬を連れた老人がすれ違いざまけげんそうにこちらを見る　小犬も見る

あと五メートル　狙いをさだめて網を投げる　わたしは朝焼けの湖に魚をとる漁師だ　網　女の媚を一杯にこめたまなざし　なんて浅ましい！ふたたび母の声がする　浅ましいとは乾きのことよ

四メートル　青年は眉ひとつ動かさないままわたしを弾く　空白に充たされ

なお彼方の空白をとらえようと　わき見もせず不乱に歩く　わたしのいない空
白なんて壊してやりたい　暴いてやりたい　青年は沸きたつわたしの心に足跡
をつけながら　そ知らぬ顔で過ぎていく

三メートル　しかし　目　あの黒々とした目はどこかで見たことがある　どこ
だったか　そうだ　あの美術館　西洋の宗教画にみつけた　殉教の若い男の不
安とあこがれに濡れた目の光だ　たしか背後には血まみれの切られた首が幾つ
も転がっていたが　いや違う　違う　あんな絵じゃない　不吉なイメージにこ
づかれながら　わたしは捕縛される　両腕にくい込む荒縄の甘やかな痛みに耐
え　引き渡される　恍惚と　何かの側へ　だが　その何かについて　わたしは
説明できない　今なお　できない

二メートル　まもなくすれ違う　手にいれてもいない宝石をみすみす指のあい
だからもぎとられるような奇妙な焦り

一・五メートル　ああ　行ってしまう　どうしよう

一メートル　みっともないことをするな　怒声が響く　今だ　青年にぐっと歩み寄る　わたしはわたしを差し出した　翠の火が奔る　枝は撓い　波打ち　幹は絡まり　根がはねあがる　無数の気孔がざわめき　樹皮は剝がれて空洞をさらし　並木のシンメトリーがもろくも崩れる　わたしは迷いこんでいく

少し首をかしげてみせる　知人を思い出すそぶりを借りて　青年はたしなみ深げに足をとめ　両手をポケットから出す　想像通りのきれいな手だ　左手の指にリングのないことをわたしは見逃さない　青年の物思いの表情が破れ　くちびるの右端が訝しげによじれる　微笑もうとして寸前で凍ってしまったようなくちびるの形　人差し指でくっきりした輪郭をなぞってやりたい　さらさらした黒い髪が目の前で揺れる　誘う　触れてごらん　瞬間　わたしの指が　ついっ　と伸びた

ゼロメートル　ラビリンス　わたしはかつて別の町であなたと共に過ごしたことがあります　あなたはまだほんの幼い子供でしたから　覚えてはおられないでしょうけど（ええ　まったく覚えていません　ほんとうのことでしょうか）ええ　ほんとうのことでした（どんな町だったのでしょう）水辺でした　地図で見ると　まるで鳥が嘴からつい取り落としてしまったような小さなかけらの形をしています（僕はそんな町にいたことはない）いいえ　間違いありません（じゃ　その証拠でもあるんですか）証拠はありません　いりません　だってわたしはあなたを殺したんですもの（へえ　それはまことに結構なことですね　で　僕はいったいどうなりましたか）庭に埋めました（庭に？）ええ　あの庭です

マイナス十センチ　子供用のスコップで固い土を掘り起こす　クローバーの葉指先ほどのフィギュア　クレヨンのかけらに　アイスキャンディーの棒　ぽろりぽろろり　土をかけていく　埋めるというよりは隠すといったほうが近い大雨の降った翌日など　愛したものたちが泥にまみれて　みじめな片りんをあ

らわした　ひときわ丁寧に土をかけて埋葬してやった　母にみつからないように　ある日　ビール瓶の王冠をみつけた　ぎざぎざの土を注意深く拭い　手のひらにのせてみる　何度か空にかざしてみる　こんなちっぽけな王冠を持ってわたしの聖地を犯しにきたのは誰だろう

（ところで　僕はどんな風に殺されたんですか）あなたは追っかけごっこが大好きでした　さんざん遊んだあと　いつも　わたしのスカートに抱きついてきました　あなたのさらさらした黒い髪をかき撫ぜていると　いとしくて　はかなくて　かわいそうで　ねたましくて　自分だけのものにしたくって　殺したくなるほどでした（それで　僕を殺した？）いいえ　あれは偶然でした

あの頃　生活には何のとどこおりもなかった　ケンカや口論もなかった　振り返れば　それは奇妙なことであった　あるべきものは必ずそこにあり　なされるべきことは申し分なくなされた　父はほとんど不在だった　母は一日に四度掃除機をかけた　居間のピアノは弦の音を響かせることがなく　いつも冷え冷

えと光っていた　庭の雑草はこまめに抜かれ　しかし一本の木も植えられず一輪の花も咲くことはなかった　簡易ガレージと塀だけの寒々しい庭　それらの意味を　わたしはどこかでわかっていたと思う

いつものようにはしゃいでいたのですが　わたしが追い回したはずみに　あなたはピアノの角に強く頭を打ってしまった　そのまま倒れてしまったのです　あなたを殺したというのはそういう意味です（で　僕の体を庭まで引きずって穴を掘り　埋めてくれたというわけですね）その通りです（さぞ　大変だったんじゃないですか）もちろんです　子供用の小さなスコップでしたもの　どれだけ涙を流したことでしょう　でも必死になれば　子供だってお墓ぐらい作れるものです（そこから鳩が飛び出したりしませんでしたか）あなたに手向ける花ひとつこの庭にないことに気がついて　あらためて泣きました

クリスマスにお誕生会　お正月　親戚が来た　幼い男の子がいた　はとこだと教えられた　へんな名前　とても愛らしい　その子がぷっくりした手でスプー

ンを振り回すだけで　暖かい笑いが食卓に流れた　よく泊まっていった　わたしのため　父と母が互いの何にどれだけ耐え　取り繕ってきたか　それを身に痛いほど思い知ったのは　わたしが結婚してからのことである　だが　彼らは本当に憎み合っていたのだろうか　ともあれ　父と母は別れた　家は売られた
わたしは愛したものたちを埋めた庭を失った

（じゃあ　どうして僕は今こうして生きているんでしょうね）わかりませんわ
大人たちが仮死状態のあなたをみつけて助け出したのでしょうか　それともあなたご自身で土から這いずり出したのかもしれません　どうでもいいことです　あなたは死んでしまったのですもの（その続きをぜひうかがいましょう）
わたしは泥まみれになって大人たちのいる部屋に戻りました　でも　誰も気づかないのです　みんなおしゃべりしていました　父と母　あなたのご両親もお茶を飲みながら楽しそうにしていました　不思議なことに　あなたもいました　いつものようにスプーンを振り回していました　そこから先の記憶はありません

（そりゃ　ちょっとずるいな）ほんとうのことだから仕方ありません　しばらくのあいだ入院していました（ますますずるいですよ）退院して体力をとりもどした頃　庭を見にいきました　もう他人の家でした　しつけのよくない家族が住み荒していました　冷蔵庫と野菜くずと新聞紙をまとめて捨てる人たちでした　あなたを救い出したいと思いました（僕は死んでいるんでしょう？）愚かなことをおっしゃってはいけません　あなたのお骨のことです

マイナス四十センチ　薄明のまま時間が停まっている　光は消えていこうとしているのか　生まれたばかりなのか　掘っても掘っても茶碗のかけらしか出てこない　スコップを投げ捨て　血まみれの指を舐めているとき　土を蹴上げるように　目にはいってきたものがある　ぎざぎざの泥を注意深く払い　てのひらにのせてみる　何度か空にかざしてみる　ちっぽけな王冠　ようやくみつけた　あの子の骨　わたしの罪と悔いの残骸　わたしはもうこの世にたいした用事が残っているわけではないから　ここで一緒に眠りましょう　庭にすべてを

委ねましょう　手近な窪みに身をよこたえる　両手で土をかき寄せる　湿り気をおびた土がくちびるをおおう　鼻の穴に入る　葉がざわめく　枝が頭上におおいかぶさる　わたしの埋葬を悼んで　翠の木々がそよぐ　愛したものたちの記憶　忘却を吸い上げて　今ようやく成熟しようとする庭　ピアノの旋律が流れてくる　あれはシューベルトかしら

もしかして　お間違いではありませんか

さらさらした黒い髪の寸前で　指をあやうく引き戻した　地球は音もなく回り続ける　青年は見知らぬ女の無礼をとがめる様子もなく　慈しみをこめて言った　よくあるんです　いつも誰かに間違えられるんです　眉の間をかすかにしかめた　でも悪い気はしませんよ　むしろ光栄です　白湯のように暖かく透明な声に　ゆえもなくはるかな血縁の響きを聞く　じゃあぼくはこれで　明るいシンメトリーの微笑みを浮かべたまま　青年はさわやかな足取りで去っていく登校する学生や自転車に早くも紛れてしまった

わたしは梢をふりあおぐ　指を伸ばしたとき　翠の火がたしかに頭蓋を奔り抜けた　ほかに何も覚えていない　忘却が走り抜けたのだ　哀しげな叫び声をあげて（わたしはかつて別の町であなたと共に過ごしたことがあります　あなたはまだほんの幼い子供でしたから　覚えてはおられないでしょうけど）すべては朝の靄のよう　水辺の青い風が笑いながら並木を吹き抜け　彼方の消失点に吸い込まれる

松川穂波　まつかわ・ほなみ
一九四九年生
詩集
『バラの熱』一九九九年・白地社
『ウルム心』二〇〇九年・思潮社
「イリプスII」同人
日本現代詩人会会員

水平線《すいへいせん》はここにある

著者
松川穂波《まつかわほなみ》
発行者
小田久郎
発行所
株式会社 思潮社
〒一六二—〇八四二 東京都新宿区市谷砂土原町三—十五
電話〇三（三二六七）八一五三（営業）・八一四一（編集）
FAX〇三（三二六七）八一四二
印刷所
創栄図書印刷株式会社
製本所
小高製本工業株式会社
発行日
二〇一八年九月二十五日